JOSEPH FUCHS

HISTOIRE
D'UN ANE

FABLE

50 CENTIMES

PARIS

J. MADRE, EDITEUR

20, Rue du Croissant

HISTOIRE D'UN ANE

FABLE

JOSEPH FUCHS

HISTOIRE

D'UN ANE

FABLE

PARIS

J. MADRE, EDITEUR

20, Rue du Croissant

PARIS

IMPRIMÉ PAR L. HUGONIS

FÉVRIER 1874

HISTOIRE D'UN ANE

Mon héros, je dois vous le dire,
N'est ni prince, ni potentat,
Et j'ai peur que vous n'alliez rire
Quand vous connaîtrez son état....
Hélas ! Ce n'est qu'un pauvre hère,
Comme en voit tant ici bas ,
Obscurs martyrs de la misère,
Souffrant et ne se plaignant pas....
Aussi malgré moi, je recule,
A le nommer. — Pour son malheur,

Le pauvre diable est ridicule,
Et je crains votre esprit railleur —
Car l'on est ainsi fait en France,
Que pour le vice, et c'est un tort,
On a des trésors d'indulgence
Et qu'un ridicule est la mort. —
Donc ! pour lui je demande grâce
Si petit que soit mon héros,
Oubliez son nom et sa race,
Pour ne contempler que ses maux.
Ce n'est qu' un âne, un pauvre sire !
Qu'importe ! Ecoutez son malheur —
Et qui sait si votre sourire
Ne va pas se mouiller d'un pleur ? —

C'était à cette heure indécise
Qui n'est ni la nuit, ni le jour,
Où la nature toute grise
N'offre à l'œil qu'un vague contour —
Le soleil se montrait à peine,
Timide, au coin de l'horizon ;
Le brouillard maître de la plaine,
Se couchait sur le vert gazon.

Partout le calme, le silence —
Roulant paisiblement ses eaux,
Le fleuve chantait en cadence
En clapotant dans les roseaux....
Tout à coup, aux bords de la Seine,
La brise apporta du lointain,
Des éclats de la voix humaine,
Comme un écho faible, incertain,
Et plus rien, qu'un sourd martelage
Frappant l'air à coups réguliers,
Comme la cavale sauvage
Bondissant au fond des halliers....
Puis bientôt parut, dans la brume,
Un veil âne aux flancs anguleux,
S'élançant, tout couvert d'écume,
Avec un galop furieux —
Quand il fut près de la rivière,
Sur ses genoux il s'affaissa—
Et, pour écouter, en arrière,
Sa longue oreille se dressa —
Son regard parcourut l'espace :
Pas un homme — il se rassura :
« Allons ! Ils ont perdu ma trace »

Et bruyamment il respira. —
Il était bien laid, pauvre bête !
C'était un de ses bourriquets
Que l'on voit traînant la charrette
Des marchands de vieux affiquets..,.
Son maître était un vieil ivrogne
Soûl le soir et soûl lem atin,
Et dont la première besogne
Etait de dauber sur Martin.
Ah ! pour lui le sort était rude —
En philosophe il le portait —
Dame ! il en avait l'habitude,
Depuis vingt-ans qu'on le battait.
Rien n'est parfait dans la nature :
Et le matin, le pauvre ânon
Avait fait entendre un murmure
A l'aspect de martin-bâton —
Qui fut surpris ? Ce fut notre homme —
Son bras n'en frappa que plus fort.
« Gredin ! Il faut que je t'assomme! »
L'âne n'attendit pas la mort.
Pour éviter la bastonnade,
De ses deux pieds, sur son bourreau

Il lance une bonne ruade
Qui vous l'étend sur le carreau ;
Puis, renversant tout sur sa route,
Il fuit cette affreuse maison,
Et, tout joyeux, voilà qu'il broûte
Les jeunes pousses du gazon.
Il est heureux — Il se croit libre —
Et si ce n'était un vieux chien
Qui de son cœur toucha la fibre,
Martin ne regrettait rien —
« Pauvre Tom ! que vas-tu faire
« Quand tu ne me verras plus là ?
« Le malheur m'avait fait ton frère. »
Et notre vieux baudet pleura —
Mais comme il était philosophe,
Et qu'on ne peut toujours gémir,
Après cette belle apostrophe,
Il prit le parti de dormir.
Mais en âne d'expérience,
Si d'une oreille il sommeillait,
Pour interroger le silence,
Sa seconde oreille veillait.
Bien lui prit. Il ronflait à peine,

Qu'une menaçante clameur,
S'élevant du fond de la plaine,
Vint réveiller notre dormeur.
Se glissant derrière un vieux hêtre,
De l'œil il fouilla l'horizon.
C'était bien lui ! C'était son maître !
En quête de son vieux grison !
Sa femme, une horrible mégère !
Son fils, un affreux avorton !
Suivaient l'ivrogne par derrière,
Armés tous trois d'un gros bâton —
Comme gens sûrs de leur affaire,
Résolument, sans se troubler,
Ils marchaient droit à la rivière
Notre ânon se mit à trembler.
Il voyait, avec épouvante,
S'abattant sur son pauvre dos,
Comme une effroyable tourmente,
Les bâtons de ses trois bourreaux
Et, pour conjurer la tempête
Qui menaçait de l'écraser,
Il se dit, en âne pas bête,
Que le mieux était de ruser.

La berge était haute et rapide —
Un vieux saule, aux reflets blafards,
Ombrageait le cristal limpide
Où se baignaient les nénuphars...
Des lianes, aux fers de lance,
Courant au milieu des roseaux
Dont la tête au vent se balance ;
Couvraient la surface des eaux.
C'était une sûre retraite.
En silence il y descendit,
Et, dans l'herbe cachant sa tête,
L'oreille au guet, il attendit.
Que se passa-t-il dans son crâne ?
A quoi pouvait-il bien songer ?
Tandis que, tremblant, le pauvre âne
Attendait l'instant du danger ?
Revit-il sa folle jeunesse ?
Revit-il le temps des amours ?
Revit-il l'innocente ânesse
Qu'il jurait d'adorer toujours ?
Vit-il, durant cette heure amère,
Face à face avec sa douleur,
Du sort qu'il avait eu sur terre,

Se retracer toute l'horreur?
Qui sait! Peut-être a-t-il une âme
Ce pauvre être si malheureux?
Peut-être est-ce un peu de sa flamme
Qui rayonne en pleurs dans ses yeux?
Pendant, qu'absorbé dans son rêve,
Il plane en un monde inconnu,
Son nom retentit sur la grève,
Le moment fatal est venu.
« Martin! Martin! criait le père,
« Martin! braillait son rejeton,
« Martin! glapissait la mégère,
« Réponds ou prends garde au bâton!
« Ah! criait l'ivrogne à tue-tête,
« Carcan! tu crois nous échapper?
« Mais réponds donc, vilaine bête!
« Réponds, ou je vais t'écharper!
Ivre de vin et de colère,
Il brandissait un long couteau.
L'avorton, lui, lançait des pierres,
Faisant des ricochets dans l'eau.
« Assez de jeu! Voyons, toi, gosse!
Dit l'ivrogne. Et d'un gros soufflet,

L'enfant alla rouler sa bosse
Tout de son long sur le galet.
Il ne pleura pas : mais, de rage,
Dans sa main prenant un caillou,
Il le lance et frappe au visage
Son père, en criant : Vieux filou !
« C'est bien fait ! lui dit la mégère,
Et comme il élevait son bras,
Elle aussi saisit une pierre,
Et l'ivrogne n'avança pas.
« Il t'a battu, mon pauvre mioche,
Dit-elle, en caressant l'enfant ;
Et le chérubin, dans sa poche,
Lui prit candidement un franc.
« Allons-nous en ! reprit la vieille,
« Pendant que nous nous chamaillons,
« Crois-tu que ton baudet sommeille ?
L'ivrogne répondit : « Allons ! »
Martin entendait à merveille
Dans sa cachette de roseaux.
Tout joyeux il dressa l'oreille
Et crût à la fin de ses maux.
Il écoutait avec ivresse

Leurs pas sourdement retentir,
Quand, hélas! l'espoir qu'il caresse
Vient tout à coup s'anéantir;
Et, coïncidence cruelle!
C'est Tom! le chéri de son cœur,
Qui, par amitié fraternelle,
Va devenir son délateur!
Il ignorait, ce chien candide,
En aboyant au bord de l'eau,
Que sa joie était homicide
Et livrait son frère au bourreau!
Il allait, venait sur la grève,
Appelant de ses cris joyeux,
L'ami dont le regard se lève
Vers lui, suppliant, douloureux...
« Va-t-en-! va-t-en! Ils vont t'entendre!
Semble-t-il dire; mais, hélas!
Pauvre Tom! Il ne peut comprendre
Pourquoi Martin ne le suit pas.
A la fin, perdant patience,
Il s'élance dans les roseaux;
Et, pour vaincre sa résistance,
Lui mord tendrement les naseaux.

Lui, Martin, il prêtait l'oreille,
Quant au loin il eut entendu
Joyeusement crier la vieille,
Il comprit qu'il était perdu.
Alors se dressant, sans faiblesse,
Tête haute, et, sans plus ruser,
Il fit caresse pour caresse
Et rendit baiser pour baiser.
Qu'importe leur fureur sauvage !
Ses bourreaux peuvent accourir,
Sans peur, il voit gronder l'orage ;
Il est tranquille, il va mourir.
Froidement, sans changer de place,
A trois pas, il laisse approcher
L'ennemi qu'il regarde en face ;
Et, quand sa main va le toucher,
Il s'élance dans la rivière,
Et, sublime de volonté,
D'un regard il baise son frère
Et plonge pour l'éternité !

Combien il en est sur la terre,
De pauvres gens que le destin

A condamnés à la misère,
Tout comme mon pauvre Martin.
Mais si terrible est leur souffrance,
Au moins, pour adoucir leur sort,
Ils ont le ciel en espérance,
Les animaux n'ont que la mort.

J. FUCHS.

Imprimé par L. Hugonis.

PARIS

IMPRIMÉ PAR L. HUGONIS

FÉVRIER 1874